熔岩

李壮 著

第39届青春诗会诗丛

《诗刊》社／编

39 青
Youth 诗
Poetry 会

元复诗歌基金支持

李 壮

1989年出生，山东青岛人，现居北京。出版诗集《李壮坐在桥塔上》《午夜站台》、文学评论集《凝视集》《亡魂的深情》等。

目录

辑一　给你这些

辑二 盐和缪斯

辑三　生灵们

辑四　到此题诗

辑一　给你这些

熔岩：一个黄昏

熔岩从天上淌过去了
却没有将我烧死。多么慈悲
多么残忍。隔着人间和飞鸟
隔着那层厚厚的、不可见的冷却
它决定将我保留。它判我
用余生去慢慢、慢慢地烧毁。
多么辉煌的刑罚
我当然不上诉。让我恐惧的只是
一个人要有多少爱，要最终为此
接纳多么大的哀伤
才有资格毁在这样的黄昏里。
现在，熔岩真的淌过去了
夜的玄武岩正静静凝固
我写下的句子也随它封为化石
以另一种风马牛的形态
去挽留某些不可挽留的东西。
这有用吗？当我核里的火光
忽而亮起，又在有人注意之前
湮灭焦殒。这真实吗？
当熔岩的河面上很意外地

漂过一枚黄金的花朵……你看懂它了吗？

你认出我了吗？

就给你这些吧

就给你这些吧
因为那些我给不了
就给你这些吧
因为别的我没有了

就给你这些吧
这些很少，但即便全部的我
连骨带肉也不会很多
就给你这些吧

我还被自己喜欢的部分
真的只有这些了
也只有这些是真的
假的部分我从不给你

假的给他们。不要责怪我
他们需要的也仅仅是
那些假的。假的未必不善
我付出的假也许可以保护一下

他们里真的部分。我的这些

也是被别人如此保护下来的
而我现在都给你。就这些
也没法有再多再好的了，我只是

很平凡的人。我已认过我的命
所以先送到这里吧
这些已留下了，它们的声响
多少会比我留久一些

所以也不必太喜欢，喜欢与否
早不重要了。原本我什么都没有的
但现在，还是给你这些吧
谢谢你。全都在这里了

所有的夜晚

把最后一口酒喝干
把杯子洗好
把一夜就这样过掉
把一生这么过完

将爱过的记住
对怨过的笑
没有什么是值得写下来的
一切都还会重演

让大地的回忆在黑暗中醒着
让夜空冻紧自己的蓝。光明
很快将拉起它的被单，新的日子
会盖好旧的人

至于那些走失了的梦，就让它
滞留在夜和夜的间隙里等雪
窄窄的、长着梧桐的间隙
蚂蚁在墙脚翻越青苔

没有雪

雪下下来了
一切都被雪盖住了

一切都没有了
就连没有
也没有了

我看见她犹豫着
直到路人都走远
才蹲下来
把手指伸向那块完整的雪

所以她都写了什么
这已至中年的女子
是什么让她又害羞起来
像一个少女

要把话写在雪上
写在没有上，写在覆盖
与融化的上面

为何要让这想必是终于真诚了的话

以没有的方式有过

要说出来，又不要被听见

要风和更多的雪无声地取消它。是爱情吗

或者那只是一句简单的真话

例如我很累，例如

我很欢喜。真话总是羞耻的

羞耻得像雪，就只应该降临在夜里

第二天当我推开门

已不能分辨其中任何一片被称作雪的事物

我只能分辨这人世被盖住的

和盖不住的部分。因此雪也是没有的

雪注定不会存在过。这正如同写在雪上的字

如同我正在度过的一生

那么无辜又那么安宁

温柔得让我心碎，温柔得

让我忍不住在雪上又写起了什么

弃事诗

不抽了。我眼见过那些风中的烟灰
往我身上一阵阵飘洒成大雪
但并不是所有羞惭都能被白色盖住，既然
现在已是化雪的时节，就让肺里的春刀和柳叶
再重新长起来吧

不喝了。那些 53 度燃烧的粮食石油
我总在身体里烧它们
从肠胃的酒缸直烧到灵魂的汽缸
但车子依旧跑不动
甚至我做不成瓦特早已做过的事情
例如把一只壶盖清脆地顶开

不唱了。唱也是多少年唱滥的歌
新歌不想学，新歌里早已经
不再有我的故事。不踢了，不再去担心
踝骨、髌骨、半月板或交叉韧带
我早该意识到自己不是鞋钉而是草皮
这肉体的点球点和禁区弧顶
终究会被岁月踩秃的

甚至都可以不爱了

因为爱……它早已经不是一个词而成了一种习惯

那一发一发剧痛的子弹我已奉命打光

如今硫黄和铁都各自返回矿里

它们重新成为大地的一部分，多么沉默

但又多么坚实

重要的事

生存常常是悲哀的
一个人看向他自己时
是悲哀的。甚至我与你
在一起这也是悲哀的
你看月亮都会转过楼去，你看
此刻全世界只有我在见证这一秒
但没关系亲爱的
我并不是说这悲哀不重要
只是我已学会了去关注
重要的另外一面。所有悲哀的事
最终都会战胜悲哀本身
当我在凌晨戴着眼镜凝望路灯
而你沉睡的呼吸声忽然
使我安宁的时候
那架称配虚无的天平就已经斜了

脱水的声音

当平静的枯萎
终于被意识到的时候
我忽然感到心惊。
然而这心惊也是平静的。就好像
你早知道事情正在发生
并且不准备假装
你一直对此毫无觉察。
是的。当我只和我在一起的时候
那戏服已挂起来了。我就不再是
你们所熟悉的那位影帝：
我不演笑，也不演哭
不用胸腔共鸣说话
而只是心里明白。现在
下午的阳光落在我褐色的书柜上
金晃晃的，顺便把窗格的轮廓
从屋子这头，搬运到屋子那头
这么坐了有半个钟头吧！我看着夕阳
暖暖地拖完我的地砖
然后向它致谢。送它出窗。
起身的时候，膝盖里轻轻响了一下
那是秋叶向背面蜷皱时的脱水声

只是窗外的风声太大了

这一声入冬，只有我自己

还顾得上听到

1989. 12. 3——

这不是一件完美的产品：
生产日期印在他的身上
却没人给他印保质期

没人明告他此身过期的日子
不再赏味的日子
被取消、被丢弃的日子

开始腐烂的日子。被蛆虫
初次爱上的日子。最重要的喷码被阻塞了
那种从未被揭示过的力量

在他的包装盒上留下一行无情的空白。
难道是故意的吗？要让他的生效日期
长久地思念他的失效日期

像左手套思念从未见过的右手套？
要把他的数字和括号敞开着
在他的所有希望里加上惶恐

又在他的所有惶恐里加一点希望。

他的生命里没有比这更孤独的数字
也没有更绝望的。如同所有

带来一切却不解答一切的事物
孤立的生产日期构成一种嘲笑……甚至侮辱。
它是被强加给他的——在他并不清楚

这一切的意义的时候，在他并不清楚
自己是一瓶酸奶还是烧酒的时候。
一切就忽然这么发生了，而他

无辜地成为这种发生的结果
且于此毫无选择。当生产日期
在寻找缺席的保质期时

一个结果也在寻找那条
从未给过他的原因。他当然将无功而返
他并不指望能真的读懂那串数字

他固然知道无法。甚至他明明知道不该
但他依然记住了这个日子
当满枝脆薄的叶子在冬夜的风中

忽而响起的时候

他还是会承认这是美的。他还是
会在心里轻轻抱一抱这个日子

我里面的雨

我结出那么多的果子
不知该分给林中的哪些动物
我有那么多的爱
不知该放去世界的哪些部分。
我节疤一样的果实常常掉落
在枝头留下些真正的节疤。掉落以后
果实在无人知晓的地方停止滚动
就被忘掉。就腐败成酒。这多好。
有时，毫无因由地，心里的潮水
也会忽然上涨。它溢出来
漫过相干的事物
也漫过那毫不相干的
仿佛要像夜雨一样，下给人类
也下给人。我里面常常下雨但我的伞
还迟迟未得发明。我的哀伤很大
亦很小。那么真实
亦那么虚妄。怪异如许就仿佛
我在巨人的身体外披着无产者的旧外套
而逃难的人群中裹挟着四轮马车
车上有一人向我挥手。我认不出是谁
但我收下了。我以这哀伤握雷光写出雨体

却从来都不作雨本身解。

垂泪于我是一种先祖之技

犹如掷出长矛命中狮子之心

我曾经会过的但我忘了。我内部的升腾

因而不可形容。它永远无法落下故此

并不是雨。但它依然令我结出这么多的果子

它所给予的，是一种风干剔透的湿润

那化石里的火、盐晶里的河

是一棵树因破损而得赐的松脂

肋骨下冷凝的玄武岩

打雷病

一打雷我就想写诗

这是病。但有一些病

我并不打算去治

刚才一点三十五分的时候

巨雷响了。我没有被炸醒

我一直没睡。我坐在沙发上

喝西瓜汁。我什么都没想

我也什么都没响。但外面

忽然就响了。可见天里面藏的心事

比我多得多。要不要安慰一下它？

我打开窗户往外看

小区楼的声控脊柱一根根都亮了

再远处，主干道的时控脊柱

也照常亮着。但一辆车都没有

陆地在路灯的凝视下

担负着虚无。好在这对它并非负担

有负担的，是那些受冻的树

只一秒钟，叶子们就同喊了起来

那是风在树冠里下的雨，比真正的雨

来得更早更急。我两指夹烟

把左臂伸出窗外

就这么支棱到楼体外面像一截

不合格的避雷针

我用那尖端亮着但那亮上

空无一物。盐和血都不会在那里降落

夜的牙髓不会在那里降落。

我没有学会说谎，为此

闪电也不来吻我。我想要的词

也不来吻我。但雷还是替我响了

那么多、那么多的钢管滚落深谷

而我端坐谷底。一坐到谷底我就想写诗

满谷的回音是我的大夫

以下是废弃洋楼对我说的话

近前来！让我以浑身的盲眼与你对视
你究竟是他们的同类，还是我的同类
我将给出我的判断。你在发抖。你知道
我以废墟自名的坦荡将令你羞惭
你正把你断裂的手掌藏进兜里
你还试图把这装得很酷。你还
拿这个姿势让人给你拍照。

放心，我不打算问你任何问题。问题的产能
早都已经过剩了。你看，废墟何时垮掉
是一个数学问题。废墟是否
必然垮掉是一个哲学问题
废墟是否是废墟则是一个诗学问题。
但废墟自身没有问题。废墟不是坏了。
不是毁了。废墟是不保留
是掏出所有的自己，然后
再把所有能够掏出的全都取消。
废墟就是空空如也。世界上
没有比空空如也更加雄辩的事物。

我一无悲喜，也一无善恶。当风起来

我就是整体和全部的胸腔共鸣。

我会让歌声穿堂而过。空空如也正是我的雄辩，

它是歌声命我将其实现的

人间的形式。为此，那给世界歌声的，

也给我穿堂的风。穿堂的月光。穿堂的爬山虎。

那拆掉了我的塑钢窗的爬山虎。

那用柔嫩的刀剖开我内部的爬山虎。当她枯黄

当她从我的身上脱落的时候

她剖出的空空如也仍会是雄辩的。

我保留着废墟保留着整个大地的

胸腔共鸣。每当风起来的时候

我的雄辩都在月光下复活。正因如此

我和你一样爱着所有

足够瓦解我内部的东西。

那使我幸福的

恰是使我痛苦的那些

一个午后

天多么冷，但阳光多么好

午后我紧贴墙根站着

太阳和棉服把我裹成一条老狗

这很幸福，我确信这条老狗体内

还住着一个年轻的人。写诗

就是把那个人翻出来晒晒。天多么冷

但阳光还是那么好。这个午后

我看到一支烟，不知谁的，刚燃了一口

就躺在地上灭了。我有点难过

但更多是有点想笑

我知道那个手抖的人一定不缺

这一支烟。而失手掉落的戏剧性

已经补偿了那些未竟的燃烧

这支烟已经不完整了，但它毕竟还保留了

很长一截它自己。就让风代替那个人

把这支烟抽完吧！愿那个人身体健康

愿这支烟长燃不尽

现在……

现在，我把这首诗送给自己
现在我终于可以把句子
送给这个叫李壮的人。
现在他是安全的，现在
他坐在谁也不知道他会在的地方。
现在他喝啤酒。

一直有渣土车从身后驶过。现在
红绿灯的转换是多余的
就像这首诗一样。现在是凌晨的
一点四十八分，现在睡神很安静，睡神
他沉默地陪我坐着。
十米外的酒店大堂现在空无一人

现在我捏着房卡，现在我
捏着解不开任何电子记忆的风
现在我在风车底下跟风和解了，现在
我的长枪生满青苔
我的桑丘不在
我的傻傻的野兔子不在

而禁止冲锋的路标牌上的
弹孔用独眼盯着我看。现在，
什么都不是我的因此我可以
尽情写下这些"我的"。我现在大言不惭。

现在灯一盏一盏地灭掉。就现在。
现在很久才有一辆车路过，醉汉们下来。
现在想不明白的事情我就不明白又能
怎样，就像马路空荡荡地穿着
它的黑白病号服又能怎样，毕竟现在
已经是这么晚了甚至那些
从来都不曾想明白过的车胎也都睡了

毕竟，今夜在长安
一块城砖也抱着它的故事睡去
连唐朝都已经是那么久远的事。而那名保安
已终于被我熬走。就现在。而朝代的余温
从我脚下浩荡升起。它们是一无所知
还是在笑而不语？

这是假的

天那么蓝，蓝得像假的
天那么冷，也冷得像假的
然后天就黑了。天黑了是真的。

如此便过了一天。我把这一天
给了些似是而非的劳作
被我转身过掉的一天，不乏爱
但仍过得像假的

所以你是谁？商街里熙熙攘攘的行人
都像是假的。我不能
喊出其中任何一人的名字
早晚有一天，他们自己也将不能

多么像我自己：恰好落在夜里的
一次小小的随机，一朵小小的火
很快就熄灭。说不出由来去向
也不会有前世来生

怕

我那颗自知将老的心
像一根尚未干透的骨头

令众多的恐惧围拢而来
如引来一群野狗

无主的、乖巧的狗
流浪的生涯使它们驯顺

使它们在我脚边蹲伏
我们双方互不撕咬

我们总归要相互陪伴：很久
很久地陪伴。在冬天的暖阳里

这微妙的平衡多么辽阔：
我和我的恐惧蹲在一起

在老去之前
我们先安静地晒暖自己

等那一秒

有时我一个人无声醒到天亮
倚在床头，等着那一秒：
奇迹般的一秒，窗外
所有未陨落的鸟儿
忽然都唱了起来。很多种鸟儿

所有的鸟儿。淡青色的天幕
是我们浩瀚的背景音。
这场景简直像一种爱情，就连
早班地铁的重金属
在混音时也分外轻柔。是的爱情

多数人在十八岁就弄丢了的那种
但它还在我这里。每一个类似的清晨
它都在我身体内战胜死亡。
我当然知道夜是长的，我刚刚
用茫然的目光一寸寸丈量过它

外面的天空的确曾那样地黑过
一个人在不该醒的时候醒着
从来都是痛苦的。然而何妨？

这一秒终究要到的：所有未陨落的鸟儿
忽然都唱了起来。很多种鸟儿

所有的鸟儿。那时，我们被侮辱过的爱情
也回来了尽管它已经老了尽管它
已经长满了络腮胡。而我们将得以
在这淡青色中睡去：曾在不该醒的时候醒着
本身也是一种安宁

你知道吗

一座亭子为什么会出现，你知道吗
一座亭子为什么要出现在高的地方
你知道吗。它的飞檐总是尖锐地翘起
是想刺痛些什么东西，你知道吗
还是说，那是事物内部烧毁后留下的蜷曲
那是它爱自己
那是它恨自己

说到飞檐，无论何时我从山底看去
都只能看到四只角中的三只
这是为什么呢你知道吗。你不要说
那些我早就知道的话
我知道欧几里得知道，但我更知道
他答不了我真正想问的部分，例如

那被藏起来的一只角
究竟在试图保护什么东西。
你知道吗？此刻的我正独自走在亭子的脚下
正沿着马路，陪一只马陆散步
它形似蜈蚣，披着一身
虎结石般的黄黑条纹，骨子里

却是那么温顺，我曾经允它吻过我的掌纹。
你知道吗它有那么多的脚，但它想说的话
一定没有它的脚多。这你肯定知道。

那么现在还是回到亭子。建起亭子的人
只有两只脚，但他却一心想要爬山。那么
他到那么高的地方去寻找什么，你知道吗
他的心里是有多么多的话才需要建一座亭子
你知道吗。到底是什么样的话要说出
又不愿让世界听到，才需要
把亭子的四只角从眼中藏起一角

才需要把亭子建在那么高的地方
才要在建亭的人成为古人以后
还翘着它烧卷了的飞檐
我不知道。我只知道亭子就是一种形式
是并非人人都需要的那种
即便对此我仍然不能准确地说出
——但我知道

从箭扣长城回来

好了我亲爱的朋友，现在
我就在你的对面坐好，现在你
是不是可以讲讲
为什么要一个人去野长城

其实你明知道你走不到，你明知道你
根本就没指望能亲手摸摸
那些明代的城砖。你甚至都没有
好好地研究过地图。那为什么要这样

信马由缰地走。你不要这么冰冷地看着我
当那些小径的痕迹消失的时候
你真的就不慌张吗？山是那么的大
树木的阴影是那么的强蛮。但你还是

一言不发地往远处走。难道远离人类
真的是一件很诱人的事情么
如果此刻的沉默是令你愉悦的
那么在人群中你的喋喋不休又是

究竟为了什么。你抬头看看身边

方圆数公里内都不可能有你同类的踪迹
这会让你变得更完整吗？那么另一些想法
难道不会让事情重新变得荒诞，例如

若是你真的迷失了方向，最终还得
是你的同类喊来警察把你救回去。
当然你大可以算我没说，毕竟你还是很顺利地
翻上了山脊。当阳光忽然热烈地把你抱住

你是否闭上了眼睛？当你推开枝条的绿门
在刺眼的明媚中辨认越发模糊的道路
你是否同时认出了荒野的体温？
但你只是更凶狠地迈动双腿。剧烈的颠簸

使你的汗水落在地上炸开。那是云朵
对于土地的歉意吗？或者那只是你自己
对另一些人与事的歉意——
当你这样仿佛特意要为难你自己的时候？

但一切也并没有什么可悔憾的。
因此你在视野最好的地方坐下来
于宽厚的安宁中，从容地吃完一只苹果
抬眼望去，你看到群山呈出缓波的后脊

它们背对你坐着，它们不忍用目光

使你感到惊惶或羞惭。所以你是悲伤的吗？
那么危险是否真的能够压制悲伤？
所以你被治愈了吗？

还是说被治愈一事本身，会让你
感到更深刻的恐惧？你总是
从悲哀中取出词语就像
从肝胆里取出结石

现在你看到那些取出来的石头都安置了
就在这山脊上，蜈蚣栖在它的下面
而蝴蝶落在它的上面
当你再次回头向上望去

你看到了你注定无法抵达的正北楼
在午后的阳光中，你甚至能清晰地辨认出
（其实它离你不远）
从烽火台顶的坍圮里绽放的爬山虎
和那些参差出来的白砖

真的，你完全没有必要再否认
因为在那个时刻我明明就在你的身边——
你望去，一如既往是骄傲且哀伤的
但我分明在那眼中看到了爱

关于爱……

关于爱，我的想象很多

但我的经验很少。这没有什么好羞愧的

就好像当人类谈起自己，似乎句句斩钉截铁

细想之下却有点可疑，这同样

不必羞惭。最响亮的恰恰是爱身上

那些不能说出的部分。

那么就沉默，让我们从旁观的角度

去看看这件事：当爱像纸牌被人世扣着的时候

它是多么的迷人。那种迷人就像一个人相信

他还有很多很多的日子

等到他老了的时候

爱还是会从他的灵魂里

翻出 9 或 Q 来

此刻，那么多陌生的人在街上爱着

那些丢失了雷声的光在穿底

用神秘的节奏为他们祝福

此刻，闪电在云层中都看不清它自己

然而它在。它带着世间所有注定倾落的雨

静候着某个谁也猜不到的时刻

即 景

午夜，我的钢制窗框"咔"地一响
那是玻璃在按打火机吗

早上，核桃树的枝叶忽然一抖
那是松鼠在我看不到的地方跳过吗

现在，我发觉烟盒里少了一支华子
它是什么时候被什么东西抽掉的

或许并不特别重要。至于一颗未成熟的核桃
是不是很苦，我只能从夏蝉的沉默里

去延迟追寻。在一棵枯死的树上
葫芦缠扎着它嫩绿的藤蔓

这很美。而那些无法拆解的问号
则扎在一个人的心上，如同耳钉

这即景多么珍贵：当阳光
在所有锥形的金属上

拉出它的珐琅，当蚂蚁
倒拖着自绝于树木的籽实

去寻找西西弗斯的山坡。当风
推着云朵低低地缓缓地走

当一只蝴蝶直直地穿透玻璃
落上我并不存在的膝头

当时间的撞针在这即景里绊住
当命运哑火

当这一切在我闭着的眼睛背后
一帧帧真实起来的时候

愿　望

让我的火焰熄灭
但让我记住它灼目过的时刻
让我的星光升起
但让我用影子救下一点点
黑暗的纯粹安宁
让我的耳机总能连接上歌的蓝牙信号
所有我在心里沉默唱着的旋律
让它们仍能到达我的耳中
当我在车厢里用手机写诗，请让人们
都不会注意到我
不要让我羞惭，不要让我的目光
忽然间无处安放

让共享单车的轮子一直是圆的
让手刹灵敏
让所有的愿望都是这么简单
尽管我令这简单看起来那么难
让痛苦的不致变得残酷
让温柔的永远温柔
让火焰熄灭，星光升起
岛和海能够安然相处

当地铁到站，电梯刚好就等在
你我下车的位置
时候到了，门便打开

辑二　盐和缪斯

李壮在 2015

我住在 2015。我指的
不是年份。仅仅是房间号。
我确实在 2015 住过一年
就像我也在 2016 住过一年
但在这间编号 2015 的客房
我只住两晚。这同 2015 年一样
匆忙到让人记不住。无论如何
如同回忆某个重要时刻
说到 2015，我还是
下意识站直了身子
甚至往下抻了抻衣摆。
但我的面前没有听众
只有一条晋江
在沿着几百年前的
海上古丝路流淌。
此刻在 2015，我不知道
隔壁 2016 里有些什么
这跟我在 2015 年时一样。
但如今我都知道了
走在酒店的楼道里我莫名
有些伤感但也多了些底气

看着那些熟悉的年份

我很想敲开某几扇门

对里面的人说：

"别得意，你很快就会厌倦"

"别难过，这一切都很值得"

雪下着的时候

没有风，雪安静地下着
这是一个活人所能够见证的
最静止的运动
仿佛是命运死了，仿佛是整个世界
正了无遗憾地瓦解
那些心灵的碎屑
那些记忆的残渣
那些从碎纸机里扬出的画面和句子
往大地上写出大片空白

在这样大的雪里
一个站得太久的人
会变成一座墓碑
纪念什么呢？雪下着的时候
世间没有什么真的存在过
没有人爱过，也没有人死过
因此，不必去扫他头顶的雪
不要试图
从他的睫毛底下拂出字来
一个人在雪里无话可说

天空把空白撒在他的唇上
像大海把鲸鱼撒在沉没的锚上

斜面上的积雪，兼致情人节

积在步行街顶棚斜面上的雪
是洁白的。是平整和松软的。不稳固

但看起来十分美味。斜面上的雪
轻巧地盖住斜面下那些

寻常如昨的事情。小小的事情们
固然仍难消化，却在雪日里显得

不妨一尝。饮食和休憩
牵着的手或错开的脚步

大的秘密和小的心思都在滋长
即便你毫不关注天气，那些在锐角中

交错的眼神和手指，还是会发出
"吱嘎"的响声：听吧，这六瓣形的

干爽伴奏。在铁铲闯入叙事以前
一片积雪总归是美好的。鞋底

用不可告人的黑暗拓出斑纹洁白的脸
而双腿在犹疑中蹒跚起来，仿佛

我们一夜就回到了童年——那时我们
还未谙熟于行走，那时我们

还不肯承认明天板冻住的泥泞
都曾是我们的雪。然而无妨。即便是

终将失败的事物，也有其
用以宽慰的方式：哪怕仅作一时

下雪，仍使活着显出更清甜的一面
就像被爱，毕竟使我们成为更好的人

日落大道

车很少，我从西向东开
车和我的影子稳稳落在前方
我们仿佛一直在
推着自身的影子走
我发现，像这样一路行驶在
与太阳相反的方向上
我甚至不必用后视镜进行观察
所有行将到来的事物
都有巨大的阴影提前预告：
超过我的跑车，红灯时
从我右侧掠过的小摩托
一只鸟，或者一头剑龙……
那一对后视镜在我前方的影子里
支棱着就像两只失落的耳朵。
车很少，我从西向东开
光亮并没有离弃我但光亮
始终只从我身后看我。对此
我深知没有申辩的资格。
现在，日落的时刻更近了
一切事物的阴影都越来越巨大
包括我自己的。我从后视镜里望去

光在我无法面对之处灿烂着

也近也远。满是一片金色

我看不清。但那暖意仍使我伤悲

除夕夜

一枚螺钉，精确地旋入了螺母
那是在不可见的地方发生的事。今晚
很多奇迹避开了眼睛。很多愿望
避开了软弱的心

空荡的地库里，许多辆车
正各自醒着。失去了光的车灯。冷却后
依然睁着的双眼。他们注视着
梦境里沉降的电。他们闭口不言

黑暗中，我独自坐了很久
窗框因寒冷而发出开裂的响声
一种情绪在空气里蔓延，像糖浆
滴在水里。我认出了它。我抓不住它

一个句子。一个从未
被人类的嘴唇说出过的词
某种幽深的节奏在拨动尘埃
是的。我确信它们也认出了我

正在我身上轻轻地嗅着

咖啡悬浮

世界上最后一杯咖啡
最后一杯咖啡里的最后一口

安静地摆在桌上。灯光
在它身上切出好看的阴影

但没有让纸杯破碎。堪称锋利的
未必是刀。能够破碎的

未必就能倒塌下来。现在
最后的一口咖啡

仍像第一口时那般完好
就连配梦的天平也难以称出

它们已在不透明的纸杯内部
悬浮而起。一颗完美的球体

那是行星最初形成时的样子——
反重力。苦涩。疲倦之心与

亢奋之眼。粉身碎骨的豆子们
以液体的形式相互和解

并在世界的暗部飞翔。灯光
在带盖的纸杯外切出好看的阴影

但不可切开一颗苦星的
并不存在的公转轨道，不可切开

一口咖啡为之失重的那个秘密：
本是微不足道的，当一颗藏豆的果子

还悬挂在非洲的时候
它曾目睹一只獴
第一次看见了春天

看闪电论

永远只能是在你低头的时候
闪电从夜空里溜了过去。
无论你仰首凝视多久，那些光
总是拥有恰到好处的耐心，足够等来你
终于低头的那一秒钟。
而那紧随而至的轰响自然就是它的笑声。
有时你觉得你看到了
但你看到的仅仅是黑暗被撕开的一瞬
人类排他性的视焦是多么局限
你彼时盯住的那一个点有可能是天玑星
是小行星带或者是四百五十米外悬浮空中的
三平方厘米虚无

但绝不会真的是闪电。
宇宙那么大你根本盯不住一道
有力而随机的光明，即使你真的相信
它一直都在你的心里。
承认吧！一个人根本就看不到闪电
就算你真的真的看到了
那也不是你看到了闪电而是
闪电看到了你。

这是故事里唯一不那么孤独的部分。

因此当闪电看到你的时候
你要扔掉雨伞。你要从雨檐的下方
走到赤裸的大街上来。如果你足够勇敢
也可以靠近高压电塔，靠近
废弃的郊野公园里一棵死去多年的树。
现在，请伸出你的食指。现在
请尝试去触摸那闪电已离去了的夜空。
不必害怕雷击。你和闪电并没有
那么必然的缘分。但如果它看到了你
你就应当把伞扔掉，你就不应当
害怕自己被淋湿。是的你必须迎向那光。
即便有伤害，那也并不真的是一种伤害
因为此刻你站在这里并不是为了避免伤害
恰恰相反。此刻你站在这里是为了去爱

按星星

多么清朗的午夜。关了灯

夜空里出现三颗星

一颗亮一些，另外两颗

暗淡一点。暗淡的星藏在

两座楼拼出的直角深处

如果注意，就看不到。① 是的

我指的是，只有当我盯住了

那最亮的一颗时

在余光里，另外两颗才浮起来

当我立刻调转视焦，当我

用力地去凝视……它们就消失了

我的目光

会将两颗遥远的恒星

按下宇宙的水面

或许也好：永远无法直视的星

永远用余光记住的

_____

① 这种奇特的现象与人眼构造及细胞分布有关。视锥细胞、视杆细胞都是视网膜上的光感受器，视杆细胞主要感受弱光、暗视觉以及没有颜色的视觉，视锥细胞主要感受强光、明视觉以及有颜色的视觉。视锥细胞主要集中分布在黄斑区，因此正常聚焦善于辨认强光。而视杆细胞主要分布于周边部视网膜，因此使用余光反而更容易辨认弱光。

永远的谜。多么温暖的寒辉
温柔地磨我目光中的直角。
我就让客房的窗帘一直敞着
穿好睡衣，在窗前的靠背椅里坐下
我知道我会这样坐很久

明月升

"月出于东山之上"，月
从大地的战壕里
把自己一分一分地撕出世来。
你看到这宋画里溢出的光了吗？
作橙黄色涌动着的
不是第二手的太阳，更不是
所谓的思念或诗
那是月亮的血，用以照亮
某些比月亮更暗的事物

这是上升中的月亮：它与我们一样
仿佛必须要与重力作抗争
这是中秋之夜的月亮：它与我们一样
终生追求圆满又终生
追求对圆满的逃离。而这个时刻到了：
请允许它惶恐，并允许它
竟又以惶恐为食。请赐予它安宁
再允许它因安宁而不安。
不必责怪它升起又落下

不必责怪它画不出一种稳定的圆

就让它做幸福家的幻梦

做孤独者的图腾

让它用橙黄色的涌动照亮

某些比月亮更暗的事物

让月亮的光自自我我地拂下来

那是何其温柔的指头

让它在草虫们的身上摇响风铃

月亮在高压线上充电

月亮今晚挂得很低

它要去高压线上充电

在这个夜晚，月亮的光芒

得益于过载。有些瞬间之所以永存不息

是因为随时将要毁灭。

让我们想象它是手机的屏幕吧！

在被那么多手指触摸过之后

祖先们叠加的指纹

在星球的表面烙下环形山

而所有不能打出的句子

充满了宇宙间漆黑的沉默。

能不能碎掉呢？让那些冷得发烫的光屑

落进路灯、窗口

和床头边空空捧着的手掌

让夏虫在碎月里翻飞就如同

尘埃在太阳廊柱中起舞

让夜空把允诺击在海面上

令鱿鱼自深海浮起

吃下光明，照亮腹中饥寒

大风吹

这是出奇闷热的一天
午后我站在路边
喝便利店的廉价冰咖啡
有很大的风从我身后吹来
我的衣服紧贴着我的后背拍打
我的头发压紧了我的后脑勺
所有被我用掉了的日子都从身后
用力地挤压着我，直到我变成页状
直到我变得空白并且可写。
一个人活在这世上单薄如纸
但他又如此沉重以至于
再多的过往也不能将他的此刻移动分毫。
太多的风像太多的事从身后涌向我
它们太喧哗了我什么都听不见
只有许多词和许多名字被吹掉了，许多
对白与画面在盲道上螺栓一样地滚
八月的树叶和公交车的车门都剧烈地
叫喊着什么但我始终绷紧了沉默
有很大的风从我身后吹来
我这张薄薄的帆在阳光中无声地抖动
脚下是一片不复存在的大海

水　中

一杯水放在桌子上

看上去非常安静。安静到

让我几乎忘记这颗星球

并不是平的，忘记了大地

本身带有弧度。水在一只杯子里

维持着完美脆弱的平面。甚至

连那双落在水中的眼睛

看上去也曾拥有过安宁。但当我

闭上眼睛，将耳朵贴近水面

我在这杯水中听到了嗡嗡的引擎声。

是哪些水在急着赶路呢？急着

回云那儿，去访友

去开会，急着去死或者去活

所以是什么？是怎样隐秘的愿望用如此

隐秘的方式响着，让这平静的水

在杯子的内部逼住了油门，让薄薄的

白色瓷胎跟着轻轻地暗暗地抖

带许多看不见的事物去耳蜗那里

去高压电塔那里，去

有光的月亮那里……是你吗？

而你究竟又是什么？

如何区分两种列车

每天超负荷全力运载的
是北京地铁十三号线，在已近停用的
老铁道线上偶过一趟的
是绿皮火车。快的是地铁十三号线
慢的是绿皮火车

两只眼睛冒白光的是地铁十三号线
三只眼睛冒黄光的是绿皮火车
眼幕低垂像承受的是地铁十三号线
眼睛高抬如荣光的是绿皮火车

顶着第三只眼睛似顶着矿灯的
绿皮火车。从时代的旧矿里升起的
绿皮火车。运载奔忙的年轻人的
是地铁十三号线，运载父亲们睡过的
空硬卧床的

是绿皮火车。运载回忆的是绿皮火车。
回忆对心更重，但的确对铁更轻，因此
听上去像锤子的是地铁十三号线，而听起来
像锥子的是绿皮火车

听起来如雷声滚来的是地铁十三号线，听起来
如闪电的是绿皮火车。并不是每个人
都听到过闪电，听闪电的耳朵
从不长在身体的外部。而现在夜已深了
在铁上念讲话稿的是地铁十三号线
含声对自己低语的是绿皮火车

偶尔一声长鸣，那是不觉沉重的睡梦
突然惊醒的一瞬。在紧紧并排挨着的
两段轨道上，遇见信号指示灯的是地铁
十三号线，遇见菜畦、遇见晚饭后携手散步的
老夫老妻的是绿皮火车。看望大地的是
绿皮火车，它顺便看望鸟和废弃的编织袋。
我曾在地铁十三号线上擦肩过绿皮火车

当是时，载负我日历发条的是地铁十三号线，而载负我
玻璃倒影的是绿皮火车。一个我
目送另一个我驶远。明月照积雪的是绿皮火车。
江畔初见月的也曾是绿皮火车。
在月光里回库的是地铁十三号线亦是绿皮火车。
在这座都市，把灯光带走又送回的是地铁十三号线
把灯光记住的是绿皮火车。一个人
站在路基下的树林里思索而经过他的
可以是任何一种列车。风从轮子间站起来

一颗心微妙地抖动。随之梧桐的叶子落下
就落在两副铁轨之间，在这大地的锁骨近旁

雾

午夜，窗外忽然起了大雾
我忘记了曾经撕裂过的脚踝
是左边还是右边那只
我忘记了我是谁

只有负重过多的关节
在精密地隐痛
这使我莫名觉得感伤
但这些与大雾有关系吗？大雾中
世上的窗子们都茫然望着
像重度近视的人扶着他的眼镜

却仍然不能看清这个人间。雾更大了
人们都忘记了曾经撕裂过的
是左心房还是右心房
醒着的人都忘记了自己
而睡着的人都忘记了雾
但一定还有人正茫然地望着
像我一样。像失去了玻璃的窗子
扶紧了它的铝合金窗框

母　语

在断掉之前
它始终是节制的。甚至

是完美的。那双手
在阴影中拧着钢轨

但看起来
不过像在浴室里拧自己的

毛巾。水滴拧落的时候火花四溅
那其实很美。不可说出的力

是我的母语。不可穿透的玻璃
收留我的表情。火车窗外的路灯杆上

我的脸有节奏地撞碎
我背后的光明把它扔得很远很远

降　调

我从半梦状态里惊醒
耳机里的高音 do
忽然变成了中音 xi

整个世界都降了调。车窗外，
十层的楼变成了九层的
直角只剩下 89℃

水在 95℃的时候烧开，饮者
在心扉敞开前醉倒。丘比特或哈迪斯的箭矢
射在被选中者的肺上。肾变成了腰子

每一朵落下的雪花都只有五瓣
并且落缓了。某一层细雪
因此错过了车。时速 80 公里的行驶物

转瞬就切到了 75。但没有剐蹭
或者追尾。所有车都同时慢了
齐刷刷的。所有那些车上

博士在读的变成了硕士

刚刚表白的退回到暧昧
手机信号满格减一，才发出去的"爱"字
被网络公司追缉押回。"么么哒"

变成了"谢谢兄"，"想你了"
变成"回头聚聚"。半年可见的朋友圈
已只可见三天。想说的话随之变少

一场痛骂降成一句脏话
脏话降成一声叹息，而一声叹息
又降成一支燃着的烟。每一包烟

新拆开时就只有 19 支。爱和恨都变得
不那么绝对。一代人在 30 岁的时候
还没有成年，但 31 岁起就开始老了

地底下，地铁在五分之四的距离上落站
行旅者要步行一截隧道
光明在记忆中引他们的路。祝福他们

尽管这祝福也掺入了悲哀
毕竟，一寸一寸的，季节正微微地倾斜
整个世界都在降调因此

谁也不会注意到孔雀的尾羽

悄悄折断了一根，一个人的眼神
偏离了他年少时眺望过的位置

当他推门的时候，门似乎歪斜了一下
不再打开。而他依然相信一切会回归正常
所需要的似乎仅仅只是时间

夏天了

夏天了，精酿啤酒的铺子外
又一次排起了长队
孩子们手持气球
孩子们更容易挨打，孩子们
准备好响亮地哭

夏天了，街上行走着老去已久的女人
在加大号的儿童车上
她缓缓推着自己的母亲
一切都变得很暖，手凉的人因此安心
他终于能明目张胆地
在掌心里窝藏北极

我对自己说，"这天气怎么这样闷热"
便等着曹禺先生从剧本里站起来
接我的话，说恐怕大雷雨
就要来了

可是亲爱的曹禺先生，我从来
不喜欢带伞，也从来
不害怕被淋湿。又是夏天了

夜晚要露出她的手臂

肝要吐出它噎住的箭头
亲爱的先生们，这个夏天还是同样闷热
陌生的面孔滚动，大地在温柔地漏电——

所有我亲爱的人啊
那声音多么小，但竟能彻夜不息

掉 电

气温太低，手机在迅速掉电
只有冬天，能让人类的小聪明重新
变回一块铁。越来越冷的铁。
我和我的同类就要失去联系。世界
马上就要变成一处我不认识的地方。
现在，我喊的车不在马路上
在队列里。我的队列不在大地上
在屏幕中。真实的世界里
只有午夜的空荡，没有人，也没有联系人。
自动关机前，我手里渐渐暗淡的光
开始与月亮的光窃窃私语，就仿佛
这世间有什么秘密是唯独我
不可知道的。就仿佛
若暴露了我的存在只是一场虚构
整篇小说便会失掉平衡，我这位主人公
也会像那些数字一样黑掉在屏幕里面。
其实，在不为人知的情况下
某一条路也曾是我熟知过的
我的脚步也曾在盲道上响起，那时候
我踏出的声音比今天更轻。
我也曾很轻但很响亮地在路灯下走着

即便没有导航，那时我也深信脚下的路

知道沥青能在我到来前凝固

并会在我走过后流开

不想睡觉

一个男人不想睡觉。一个男人
不想到床上去。这不是咖啡的错
当然，也不是其他什么
更可怕的东西的错。不是爱情
不是苦难。不是死。甚至不是诗
这些并不是不存在的
但它们都在窗户外面。他可怪不到它们

一个男人不想睡觉。一个男人
睡眠正在离弃他。这只是最小的离弃
小到可以忽略不计。即便如此
这也不能算作他的错
他要的安宁已不需要在睡眠里寻找
在睡眠里他甚至无法意识到安宁。睡着之后
他意识不到任何东西。除非做梦
但梦毕竟是不安的。有梦

就说明心还是紧的。只有不想睡觉的心
才能让松弛进来。这难道很容易吗？
不，这很难。但再难都不是心的错
一颗不软弱的心怎么能够跳动呢？

一颗不跳动的心又如何能获得安宁呢？
不想睡觉的心应该有双眼皮，眼皮下面
应该有幼鹿眼中的醋栗
有玳瑁眼中的海。它理当是美的

但一颗不睡觉的心睁大双眼
等待的是什么呢？夜空空如也
烟丝丝在飘。午夜的人间充盈着
似是而非的喜悦。而在这人间之外看着，
属于喜悦里更神秘的另一种
这喜悦倒不必与人分享。当他回头看向睡眠
睡眠朝他颔首微笑。睡眠完全赞同
并在沙发上安静地等着。睡眠一点都不着急
他们就这么一起等着。瞪着幼鹿眼中的醋栗
和玳瑁眼中的海。他们都不想睡觉。他们
此刻就跟兄弟一样

需要一种形式

需要一种形式
当酵母跌入面粉，当酒曲
被赐给那些粉碎了的粮食
一种形式是必要的：它们变大
它们在分子式里暗暗地燃烧起来

就像被陨石击中，一个人
不能永远坐着，不能
像一座火山等待着原地爆炸，等待
日光让渡出的影子自行变成化石
应该像水蒸出去，或者像雨落下
应该蜷缩，用目光
掐入树干。应该养着火苗
养着脆薄的焦毁，让它的金线
在枯叶上爬出卜辞

应该有一种形式。哪怕是平和的
也应该去清点风中的叶子
去从蚂蚁行进的队列中
计算出心脏的早搏。一种形式是当有的：
一个人去说出

一个不再一样的世界
用自行车胎的惊讶、用长虹桥下
一粒嵌入左转道的沥青的锐角。
而声带的幽灵在游荡。一个词
在字典的背面暴动
一本字典，在书架上离合挂挡

但形式依旧是隐秘的，像上唇在它柔软的内侧
塑藏下汝窑的胎质
像一滴墨水在枪机里上膛
一只拳头在衣袋里攥紧
又松开。像公车过站，像铁质站牌
与人群敲打出同样易碎的曲度
一种形式是必然的它因此
才并不必为所有人都读懂

今日白露

直到这一天
天上的浮云形状还很正常
天上的鱼鳞还没有浮现
北风还没有吹起来

而在屋外我发呆的时间更久
我在傍晚时直视夕阳
我往自己的瞳孔里烙光
黑暗里那种橙色始终亮着

在这样的日子里，一只蚊子
知不知道自己的命运？
倘若知道，我赞美它
若不知道，我愿意骗它

但不论怎样
我最终还是会拍死它
这是我所给出的夏天的最后掌声
而我给树的将会是沉默

树已经习惯在一个季节脱掉自己

又在另一个季节
把更好的自己穿回来。这种轮回
构成了对人类的反讽

而每一种反讽都让我在屋外
发呆的时间更久。所以是你吗
是你吗秋天你在找我吗？那就来吧
为你我已经重新长出长尾

我将准许你在我的额上下霜
当天空浮起鱼鳞的时候
你也可以带上刀子
我将准许你撬下藤壶

——从我这速朽的身上

大雨日在北五环上开车，兼致博尔赫斯

时速逼近 90 公里的时候
挡风玻璃上的雨水开始调头
汞一样往车顶爬去。
也许这是让时光倒流的
最理想方式了：
让一滴水从井盖回向云
让故事从结局回向开篇
让寄生于大地的存在对抗重力
——一寸一寸地
——一厘米一厘米地

是的博尔赫斯先生，下雨
确实是一件发生在过去的事情。
那些速度里的汞绝对无毒然而
却是那么致命，此刻我浑身颤抖
仿佛要从 30 岁倒推回 20 岁
仿佛给遗憾一只时速 90 公里的骰子
是人类所不能承担的事情

而他们之所以感到不能承担仅仅是因为
这恰是他们曾永恒渴望的东西。

至于你所回想的幸福命运，你凭词语手持过的
那朵叫玫瑰的花
将在哪座不复存在的庭院里洗亮
你终究不曾告诉我们

因而此刻只有雨汞在沿着血管怒放
天啊那被撑满的空虚
天啊那人体内纯银的树
这一切依然令我浑身颤抖
令油门踏板颤抖，沥青的北五环路颤抖
令我们脚下的这颗黑暗星星颤抖
当我摇下车窗，试图从挤压成固态的风里
辨识它带给我的声音，"我渴望的声音"……

但一切死去了的尚没有回来

但每滴短暂的汞里毕竟有火光闪耀

时速 100 公里的湿人

当我起速直杀禁区的时候
对方后卫伸腿放倒了我
我脸朝下扎在雨后积水的球场上
仿似后脊上扎着鱼叉
那些为我溅起的水花莫名安慰了我
要知道，我并不是一个
容易被安慰到的人
到比赛结束已近午夜，我像一枚邮章戳在
驾驶座上浑身淌水但手边并没有毛巾
望出去，大运河倒映出的北京
要比现实中更疏朗一些
待开上五环，我忽然打开所有车窗
把速度飙到一百。浓风拥挤
大气依照牛顿的敕令低温蒸我，恍惚间
我的水以不可见的方式被时速带走
我的盐和缪斯留在锁骨上
于是我放开喉咙歌唱。这是罕有的
一个人的狂欢，它的高音沿着沥青弹跳就像
一枚被子弹敲出木板的钉子
而我终于成为众人口中的湿人
我浑身淌水沿着雪白的长实线弹跳就像

一枚被子弹敲出木板的钉子
我的水以不可见的方式被时速带走
我的盐和缪斯留在锁骨上

辑三　生灵们

啄木鸟，你……

啄木鸟，你怎么会出现在
这样的地方？这是二环，这里只有

九十年代的水泥，它们被捏得方正
里面装着我们。啄木鸟

我去楼外抽烟的时候听到你敲个不停
亲爱的其实我们是同行

你敲树，我敲语言，你和我都活在
那些空心的、奥妙的事物上面

我们都想从空空的洞内
衔出真理。我们并不怕失望而回

我们对此已经习惯。我们终究
都还要死回到大地上来

然而我敲击键盘的声音
远远不如你敲树好听。你急促而响亮

那些纯角质的"咚咚咚咚"
每次响起都像是密集的句号落下

接着便是漫长的沉默。弯曲的枝丫
在你的头顶静止不动

那是乔木写出的弯钩，是问号的上半部分
但问号的下半部分被你啄掉了

那些密集落下的句号
都是被你啄空的、本属于问号的点。

你是一只不存疑的鸟。在你的生命里
没有问号。你只给判断句

有虫还是没有虫。树活着
或树已经死了。你这残酷的好鸟。

啄木鸟，我想象你的嘴巴是鲜红色的
那些被你敲开的树门

全都像玫瑰一样盛放。啄木鸟，
你来敲我的沉默吧

在我所有的言不及义里把句号们

依次敲下来。让它们坠落如同急雨

让我在急雨中把能够说出的全部说出
你来把我的沉默像树一样敲开吧

让我的沉默做光的入口
让我的沉默都盛放如同玫瑰

猫叫了一夜

楼外的猫叫了一夜

冰凉的猫，刺骨的猫

是什么样的爱情让你这么疼

那种冒犯性的悲声就好像

所有活着时被你目击过的死者

此刻都围坐到你身旁

冬天冷得过于深了，而你是

星球上唯一的篝火。带刺的火

声带上来回甩动的蒺藜

你骄傲的孤独尾韵是血

但你必得开口。你将不得不说。

不合群的猫，在干净的阴影里

亮出断牙、拱起了脊背的猫

你诅咒似的嗓音是在歌唱什么

是什么让你用尖指甲去划损

这塑料般平整的时辰

去挠夜空的黑板，让那些

无法入睡的人像汗毛一样

从床上一根根竖起来。那是什么力量

让所有无处归栖的猫

在痛苦里找到了自己的家

让它以否定的方式肯定
让正在死去的不朽于中途
让楼外的猫叫了一夜
冰凉的猫，刺骨的猫
是什么样的爱情让你这么疼

赞 美

这是四月里一个寻常的日子

午后我走出大楼

闻到了夏天身上的气味。

在一切能呼吸的活物当中

夏天是在夏天不发出汗味的

极少数派。它身上的气味

是一种熟。是一种幸存感

是诸多活了很久的生命直到这一天

才终于活出了舒展。赞美夏天。

悲哀中的赞美是一种自救

尽管夏天其实还远：有关于此

我并不似看上去那么无知

我知道有很多事情

都还需要等待。那就让我们等待

且一并赞美等待。

让我们赞美五月，再赞美六月

让我们相信地球仍在凡人

看不到的地方公转

相信那些树木都还活着

当它们轻轻吐出呼吸

温暖的空气便上升一寸

不 开

这世界的伤心有些太多了
把我的海棠的花苞
都压弯了。唯一的花苞
红彤彤的，还没坚持到打开
终于又低了头。又垂着
然后就会掉下来。
我自省。我也许不该让它
在飘窗上天天看着外面
外面的伤心太多了，所伤之事
又常常毫无办法。人事的无奈
多少也会劝退花事：
美好的茎脉太软，何苦
去咽那些碎牙。怪可惜的
养了这么久，这盆海棠
还没有再开一次花
但一盆活着的海棠枝叶茂盛
我仍然管这无花之物叫花
并曾偷偷地给了它
远比我预想更多的爱……
没给过爱，就得不到伤心
就无法让一株海棠把见过的伤心

全数转压在我的头上，再添进
它自己弯出的那份来。而我乐于承担。
我所弯出的弧度甚至学会了分行
我也低头，但最终未必掉落
万物各有开放的方式
花是一种，痂是另一种

给虫们

天很蓝。阳光茂盛
但在草木的包围中间
总觉得危机四伏
我知道有虫类
正在叶片的深处看着
我们各不作声却彼此听见
我们用毒液与手掌
做好了相互伤害的准备
这是夏天的末尾
虫类与我都很脆弱
但假使我们受到了伤害
也得承认，其实我们
并没有想象的那样无辜
我们真诚而纯洁地犯罪
以一种或许是美的方式，每天在
世界的叶片上啃破一小点儿
用学来的保护色骗一棵树
或者一个人。我们向来
罪有应得。但世界对此并不多说
它只把我们交付给彼此，去爱
去损毁，去用触须或手指拨动

这本就不多的时间。这的确

不需要多说什么：因为秋天很快就到

秋天将把我们平等地擦掉

客　居

我把窗子往外推开
从里侧拉好纱窗
慢慢开始有
奇妙的生命附着上来。
最初是一只较大的蜘蛛
后来换成一只较小的
它们的长腿在细密的网格上
认真试探，但我一次
都没有见过它们的网。
安置自己，其实是一件
多么不容易的事情。
有天，一只蝉撞在玻璃上
登时就昏了过去。没有死
但淋了一晚上雨，便不叫了
大概是得了重感冒。次日清晨
我听见窸窸窣窣，抬起头
正看到一只喜鹊把它带走
飞走前，那鹊不忘朝屋里探我一眼。
真的，喜鹊的喜感有时
鬼鬼祟祟，却总让人气不起来。
还有其他：金龟子，卷叶蛾

甚至我极惧怕的白纹伊蚊
它们都经常造访，来看看我
然后就走了。走了，多半是
再也不会相遇。我的确会有点伤心
我们相处的时间原来这样短。
如果打开纱窗会怎样呢？
就让它们进来，陪伴我
伤害我，用上瘾的刺痒填充
那些不断失去的血液
让它们很慢很慢地用网
织出我的老年……但来不及了
它们中的多数现已不在窗外
留下的已是个别：仰着面。
不动。很远也很安静地
它们正陪我淌进秋天

阳光蛛网

蛛网在阳光里闪耀。
蒙尘一事并不悲伤，蒙尘
在此是辉煌的。光明已将蛛网捕获
在这辉煌里
死亡不再是一种陷阱
那些柔软的丝线燃烧着，蜘蛛
通体透明，它的八条长腿
切割空间如同切割钻石
那命属深夜的恰恰能彰显正午

忽而起风，那几百根太阳飘起来了
但我拒绝出现在
任何一只蝴蝶的背上。没有任何一种
被称之为幸福的美能够匹配
这苦辉煌。我选择蛛网：
当它废弃的时候，当那种被捣毁了的结构
向风里飞扬的时候
我就在那丝上，就在那
残缺的逃逸上。不是宇宙，而是我
将赋予风一种形状
不是我，而是蛛网

将在自己的飘摇里亮着，用腹中幽暗
织出光的另一个名字

长大后的深夜我再来这里看海

我老得很快，海却没有
这是常识
最触目惊心的事
往往都是常识
多少年了，那皱纹看不出减少
也瞧不见增多
声音没有变化，它的胸腔共鸣
仍是那样安抚又那样淡漠
现在时候晚了
有人在海边放烟花
但无人看
烟气很慢很慢地往下坠
逐渐消散形体
我转身，猎户星座
就在我正南方向的头顶挂着
非常清晰。恒星们望着我
恒星们在海面没有影子

但那一刻没有丢……

很多年前
我们都在舅妈家过年
北窗外是浮山
天将黑未黑时
许多人在放礼花
火光在天色的暗青里沤掉
而声响被山体放大
此起彼伏的。我坐在电脑前
想写下这一刻。但很吃力。
那大概是我高中
或刚大学的时候吧
一种恐惧攫住我
我怕我会忘了这一刻
但为此所写下的文字
却永远不能让我满意

现在很多年过去了
又是除夕，我独自在海堤边的
护栏上倚着
嘴上多了些当初没有的东西
例如胡须以及燃着的香烟。

许多人在放礼花

火光和声响

都被深夜的太平洋放大

夜空被捶得像一只鼓

此起彼伏的。我想起了那一刻

一些记忆慢慢在复活

尽管那所大房子早已被卖掉

尽管我已是一个完全

不相同的人……但那一刻没有丢

连同那种吃力着要写下来的迫切

和无助感。当年写下的东西

我早就不再记得。但无所谓。

当我们尽心雕凿过的楔们

早已不知去向

我们会发现珠开始闪烁

——就在写字台下的角落

在桌腿与地毯之间

温柔而颤抖的褶皱里面

桂

与一切有力量的事物相似
在你还没有认出它的时候
你已接近死于它

一种放肆略重于空气
这甜美里包含的悲剧性
是由地心的重力规则所决定的。
然而无妨。这桂的花
这桂的香气
肥美得像秋天的蟹的内心
既不怀疑自己的爱
也不怀疑别人的

一只活蟹在厨房

天暗下来，蟹便沉到了湖底
一只厨房里的活蟹

到灯光亮起之前
都一直在幻觉里归乡。让我们

祈祷下班的人晚些抵达吧
让蟹的怀疑松弛

让它的足尖在塑料上
划出些窸窣的响声

和在湖底一样，厨房里的蟹
等待着某种必定到来

却不可指认之物。那披甲而候的姿态
就仿佛沉默的神圣性本身

当夜淹掉墙角，必有一蟹端坐其中
像神龛里一尊被判了死刑的神

黑暗在它心中迅速扩大
但它庄严。微笑。一言不发

一束白色芍药在午夜前

很迅速地，一个在黑暗中端坐的人
就将与黑暗同色。但在同样的黑暗里
一束花仍然能白得刺目。
它带来的痛苦是幸福的。
有时我想，让这样一束白色的芍药
出现在我的客厅里
会不会有些过于隆重了？我没有
皇宫或者御花园可以给它。我甚至
都没有一种足够干净的骄傲能够给它。
与我相适配的，是空空的啤酒罐
时常忘记盖笔帽的签字笔
以及那些从郊野公园里
随手取下的事物——可爱的
绽放着平凡奇迹的野草花
拥有"驴见笑"之类无主的名字。
无人有资格苛责它们美好的纤弱。
但有时，意外的东西也的确
会出现在这里：例如这巨大的、
眼神一般的白色芍药
整个夜晚的暗都被它用来
烧亮自己的重瓣。层叠的、微微卷曲的白

从铁的最深处泛起海浪

那是一个选对了的词、一个神明的名字

被掷进黑洞中心时击出的波纹

越是在黑暗里它就白得越刺目

它带来的痛苦当然是幸福的

冬至日

最短的白昼已过去了
但最冷的日子还没有来

气温还是会继续下降。一条河
还是会被自己冻上。太阳

每天会多摸摸它。但没有用
你把煮熟了饺子的沸水泼在

河的锁骨上也没有用。既然你
不知道一条河究竟为什么把自己冻住

你就无法安慰它。你就只能
从它沉默的冰面上走过，让它发出

嘎吱的声响。那会是很多天之后
那会是冬至这一天的回声

尽管你从来不会意识到这点。如果那一天
你隔着冰面看到一尾快要窒息的鱼

不要怀疑，它一定在冬至那天就曾经
来到过这里。它并不会真的窒息

它只是清楚自己游不到太平洋
并且不能戒掉体内

一直在剖它的东西。其实，
最短的白昼已过去了

最宽广的海洋，已在我们的球体上形成
但一条鱼具体地出现在此刻

像一条隐喻的河、一场隐喻的
漫长的冬天

它只知道天气还在变冷
在那些延迟抵达的寒意中

一个日子会留下悠长的疤
一条河会穿上它光华万丈的沉默

一尾鱼会增生出一根本不属于
它自己的刺——在暗处，在左鳍的右下方

而那根刺的名字就叫冬至日

按指纹锁的云

在黄昏时它出现了：一片
有些奇怪的云，身披环叠闭合的
椭圆纹理，明亮地、均匀地铺着
像要把那些不再见容于天空的光亮
筛下来留给世人。云的脚下
大地在暮色中松弛。死前的松弛
不可抗拒的命运感在飞蚊的翅膀间
颤抖嗡鸣，昆虫们茫然盘旋的阴影
是渺小却真实的。同这些相比
一片云的巨大显得有些虚幻
它身上环叠闭合的椭圆纹理看起来
就像是湖泊按在天空上的指纹
携带着人间的识别信息
却按不开天堂的指纹锁。
天堂的读卡器断电了。在一道
已无法再刷开的门扇上
云的指纹按过之处
都成为遗嘱和悔过书。而时辰到了
夜已漫了上来
晚风用越来越慢的呼吸
宣告着不保留。于是在黄昏时云出现了

很快又流散消失

它筛下来的光亮蛾子般落在街灯里

灯光下我们的手指火化如金：

那手指曾经也伸向过天空

并把纹路印在了锁上

在香山，一只蜜蜂……

一只蜜蜂降落在我头顶

我接下这自然的手谕
单膝跪地
奉旨开花

养蚂蚁

不可以没有土
不论是用来蛰居还是用来埋葬

不可以没有水
不论是用来啜饮还是用来洗涤

一窝蚂蚁，住在塑料玻璃的器皿中
它们不知道自己是一种宠物

也不知道有另一双眼睛看着它们
像在模仿更大的神看他自己

但不可以的依然是不可以
我只好给它们一点点土

那是安放在矿泉水瓶盖里的
隐喻的大地

再给它们一点点水
那是灌注在针管和水箱间的

象征的泉。然后蚂蚁开始反复穿行
像骚动的所指在诗行间

急切地移动，把糖粒和谷物搬进去
把蜷缩的尸体扔出来

这样漂移的文本在缝隙间留下了太多
亟待阐释的结构，例如

这些从出生起就只生活在
试管和塑料盒子里的生命

从没有触碰过真实的世界。那么
它们的存在应当如何定义

是否只类似于小说里的人物
比虚构仅仅多要求了一点

真实的喂养。当然，
这或许并不重要，重要之处在于

即便有那么多的不知道
它们也还依然有

更多的不可以。

即便已身处于虚构的边缘

它们仍要模仿基因里的祖先
把粪便与食物准确区分开来

这卑微者的倔强让我联想起
真草地上的木马

盐场上的企鹅
一切闹剧般的场面里

那些暗自庄重的瞬间
这样想来，甚至连我是我

都变成了一件可以忍受的事情

辑四　到此题诗

题清凉寺塔

能像古人一样就好了。喜欢哪里
就把句子题在哪里
题得不好，就被后来人的句子盖掉
题得还行，就同景色共等后来人
如今当然是不能题了
需要到手机备忘录里去回味，记写
我一掌见方的生活深不见底
像清凉寺塔在窄窄的地基上
垒砌出完整而幽深的心
真的，我很喜欢这里，一座塔
夹着断砖，站在废弃的院子旁边
表面的破败不仅无损其骄傲
反而使它内部的虚空
呈现为纯黑的硬核形态
这个下午，我绕塔走了好几圈
细看那斑落的墙色，那拱券门洞里
透出来的淡蓝的天空
时光好像被一座荒塔封在了
它阶梯坍毁的锁眼里面
而我的确已不必再题些什么
该题的早已题好：你看这些野草

从高高的塔檐边勃勃地探出身子

不会有比这茂盛更好的句子了

自成都赴桂林道中

一

一次又一次地
那道很高的山梁自远处开过来
像一场仪式

跟着火车进入它……
我们之间的距离从正变负
随后我意识到并没看清过它
——一次又一次地

二

小孩子在车厢里尖叫
听起来并没有什么原因

窗外的山沉默着
听起来也没有什么原因

穿越隧道的时候

山体的沉默把车体的尖叫
攥紧了扔回来

轰鸣里藏有一种失重：
不是被用来听到，却让我的耳膜
隐秘地一鼓

那是山的声音？我的声音？
还是我所说出的山的声音？

三

事情的发生是渐进的：

天色一分一分暗下来
起初窗外是山
随后是铺满脸的山
最后窗外只有脸

我的脸
陌生的乘客们的脸

这就是夜晚：整个世界
向高铁车厢细长的内部坍缩

而我始终向窗外看着

姿势都没有变过。像个盲人

山和我的时差

傍晚，我在低处。我望着对面高的山
太阳已从我的身上移走
但还照在山的身上
大地是一道弧，高处的事物会亮得久些
尽管只有十几分钟，太阳终究
是将山和我区别对待了。
然而命运不会。我站在原地
静静看太阳也从山的身上移走。
一点一点地，仿佛卷起一张画轴
它也暗下去。就是在这时，
山林里的鸟雀忽然唱了。
我的心兀地充满了宽恕
我承认山比我更高，并且
比我更美。比我更善。
已多么足够：我们因同一个白昼亮过暖过
而黑夜会赐我们同样的安宁

改 山

太阳落了。暮色改写山体就像我们
在追忆里改写人生。但是
不要怀抱幻想。别以为重来一次
就可以不再爱了。就可以避免
结实地受伤，可以因不再善良
而不软弱。黑暗的山林里
依然有眼睛瞪着。星光的雨水
洒在身上几乎像远古见证。
树叶的棱线都是被写定的
一座山上，所有到场的植物
都不会是滋生于偶然
天亮之后，一切将再度分明
树是树，我是我，山峰的棱角
照旧会扎到游荡者的痂上。
真的，这里的一切都不可能改变
因为我们也都一样地从未背叛过自己

中巴车在黑暗的高速路上行驶……

中巴车在黑暗的高速路上行驶
没有路灯。我的心底空空荡荡
没有脸。也没有名字
从那里浮起来。那只是一片
从未被人类发现过的大洋
百万年间，它所能做的唯一的事
无非是自己消化自己。这大概是
整颗星球上最无用的大洋。
它不分泌任何确凿的事物
没有章鱼。没有海葵。甚至没有
塑料袋和船的残骸。简直
像是一片假海。只有疲倦
和极隐秘的头痛
在它深处偶尔摇晃着
却倒不出来。向来只是
人世间的东西被倾倒进海洋
而从没有反方向的道理。
现在，中巴车依旧在高速路上
无声地行驶。不时被点燃的路标牌
暗示它是它自己唯一的光。
车内，一片大洋轻轻晃动

哀伤。松弛。缓慢而规则的涛声
在安抚它自身入睡。同往常一样
不会有什么浮上来
洋面上不必映出月亮而洋底
也不必有鲸。就像是从未被发现
而所有的不被发现之所以成立
无非是因为安于如此……甚至
在必要时，还会被痛苦地捍卫

散裂中子源

看不懂。但震动感是真实的
物质被拆解为分子，然后
是原子。再然后
中学的物理课本就哗啦啦散页了
纸张落处，有质子和中子飞了出来
那是北方故乡纷飞的秋叶里
穿出的一行实心铁蝴蝶
隧道弯曲，在越来越接近光的加速里
我们曾熟知的概念不断剥落
而在地表的另一极，一个人
也正被夜晚剥落衣物、头衔、毛发
乃至呼吸。这是物质的晕车吗？
它短暂的眩晕将被用于
轰击一块金属，击穿而过
对方毫发无损，唯有隐秘的裂痕
已被昭告天下。正因如此我拒绝站上靶台
一个尚未解体的灵魂，总有些裂痕
是不可以示人的。我不像金属那样纯粹
我的碎屑做不到连电荷都无法附着
不可追回的细节总如丝茧
缠裹我命定要接纳的一切。因此

我只会是那个吞下质子束流的家伙
我不出卖秘密正如我不放弃破损
即便黎明每天都以
百分百的金色光速轰击我：这
恰是我比金属更强硬的地方

在停电大楼中

停电了。在这栋空荡无人的大楼中
下班后的时间其实本不需要有光

即便此时有脚步声响起，那也只能是
来自记忆深处某些不甘被忘却的荣耀

而停电只不过是时间的停摆，就像在梦里
一个人忽然醒悟自己在做梦一样

那一刻，当灯光和电脑屏幕一同黑掉
我意识到熄灭本身是有声音的

那是电机骤然失速的声音
是一只黄蜂在飞行中猝死

而翅膀上的力还活着它扇动扇动
直到越来越宽的时间抚平它的波

直到这时天都还没有黑透，幽暗
仍呈现为某种光的形态

世界的幽暗就这么从窗口漫进来
它在我的幽暗上摸索着开关

就像一块石头在另一块石头身上
摸索着想敲出火来，就像一把钥匙

尝试着用自己的正面把背面捅开
一片幽暗试图照亮另一片

一种孤独凭其巨大试图包纳
更小的另一种。我感谢它。但它休想

采耳的下午

一

并非第一次被对准
但这次比较特殊

我拂衣坐下
手机镜头及单反被牵引而至

没有桌签。没有职务简介
没有精确的笑容管理。没有统一鼓掌

人民公园的茶座上，他们围向我，拍摄我
但他们不知道我

没有成果，也没有代表作
只有一只代表性的耳朵
提在采耳师傅代表性的手里

二

光照进光照不进的地方

从我隐秘的深处
他们取出的,是我从未示人的一些

每颗凝固的油脂都有小小的纹理
看起来多么像矿石

在这座日渐麻木的旧矿里
它们是至今微痒的部分

三

三十元的盖碗茶
三十条语音微信待听

老板说四川黄芽养胃
我知道鸽子炖汤也养胃

但我猜鸽子一定不知道
它正如此贴近地跳行在我脚边

认真鉴别耳垢

和掉落的瓜子

四

师傅们敲响铁签

敲响对耳膜的暗示

柔软的暗示

波浪形的暗示

波浪形的敲击声包含均匀的中断

像日子里偶尔凹下去的部分

可以什么都不听

什么都不想。巴适

夔州的橙子

如果把两岸连山豁开
如果从悬崖的腹内剖出鱼子
我抬起头
望见橙子漫山遍野

很难分清，究竟是橙滚落在城中
还是城坐落在橙上
这种水果挂靠着太阳的族谱
四处撒落，明亮。却不刺眼

昨天傍晚，当夜色忽然从三峡之巅压落
结在路基旁的橙子
在车灯下映出暗恋的颜色
那柔软的黄、那安静而执拗的小小
圆形反光

从时间的黑暗深处浮标般升起
隐约使我忆起了一些
很久了的、其实也并不重要的事情
而今天

当我再次于大衣口袋的黑暗深处
握住了这只胀满了秋天的果子
我能感应到，一种古老的金色
正像江水在夔门外注满瞿塘峡一样

注满我的掌纹。它让我确信
那些柔软和明亮，那些
悲哀而干净的东西
在我日渐风干的河谷里

依然没有灭绝

在北京过完整个春节

一

其实，在北京过完一个春节
与在青岛没有太多不同
这一次，父母睡下得很早
我们也早，但没有早太多
手机流量早已全国通用，那种振动
变成了当代人的膝跳反射
我敲膝的和敲我膝的
大抵和去年是同一批人

礼花也没有太多不同，这铁与火的魔术
依然召唤着欢呼、愿望和消防车
在所有以花为名的事物中，它们选择了
最强硬的一种绽放方式
却还是常常被楼宇遮挡

这种时候我只好竖起耳朵
再闭上眼睛，像在听一个
以"很久很久以前"开头的故事

二

除夕那天夜里，我没有看春晚
而是携夫人去长安街上堵车
手机、小女孩和泰迪犬
先后从前车的天窗里探出头来
以人民命名的会堂外，是人民
在检阅春天的夜晚

初一那天早上，我睡到很晚才起床
窗外涌动着浓浓的烟，我伸出左手
等待一只海鸥穿出浓雾
从我掌心衔走饼干
等待一声汽笛，等一片海
淹过我的脚面，把脚掌上的纹路印入贝壳

从初二到初三，我在家用摇柄磨咖啡
豆子碎裂的声音，像一场隐秘的鞭炮庆典
从初四到初五，我一个字儿也没有写
只像牛一样把汉语在胃里反刍
我让它们打结，歪曲，往肠道里梗阻
饱嗝里的铁锈味
来自不能说和说不出的话

初六阳光明媚，我在十五楼的窗口
俯瞰旅行箱们拖回小区
我的额头闪光，笑容安稳
像教堂外墙上的石头圣人
从高处看到
而不被看到

三

这个春节，我找到了那只逮不住的苍蝇
它蹲伏在落地窗底
光明灿烂的直角前，依然保持着
向外遥望的姿势。
我把它扫进花盆。我家的花盆带耳
盆里罗汉松的叶片
形似绣春刀。阳光好时
两盆绿海棠的投影被悄悄拉长
每一片新抽出的叶子都令我惊喜
那些整朵落掉了的花蕾也不再悲伤
它们斜倚在根上，干爽，松弛
像靠在床头刷手机
像刚在浴室里结束了的一天的日子
还残留着吹风机的气息

四

公园里草还没绿
但遛狗的孩子，已经开始忘记狗
所有的母亲都结伴而行
她们聊天，却从不忘记孩子

我坐在飘窗上看着这些
偶尔手里夹一根烟
有时，我能从一些烟里抽出
芥末的味道。换一支再抽
味道又变得正常

天气正暖和起来，我去踢了一场球
时不时抽风的风
替球给脚找到了理由
但隔天的气温又骤然下降
它让一位朋友感冒了
它让北方的暖气继续烧着

烧暖气的大烟囱冒着白烟。那么白
像在人间吐着云朵
我老家的北窗外也矗着一座大烟囱
我一直想爬到烟囱的出口去看一看里面

孩子对烟囱里世界的想象

总是先于烟囱外的世界

在我很小的时候

它被截去了一半，而在我更小的时候

它就已经不再冒烟

帕特农

在帕特农神庙

猫与鸽子和平相处

树苗从石头里长了出来

阳光与阴影的流转是非对抗性的

就如同搅动奶和咖啡

公鸡与钟表在此分享着同一种困惑

脚下，狄奥尼索斯剧场中央

青草依然在演戏

我看到埃斯库罗斯坐在观众席上鼓掌

看到歌队仍站在石头上

穿着皮夹克或呢子大衣

倒掉的柱子依然是柱子

它们用来支撑那些同样倒掉了的世界

但说出口的话已不再是同一句话

它们一直都在起卷，像科林斯式的柱头

也像野花无名的垂瓣

在帕特农，伟大的废墟让矛盾着的一切

都学会互相谅解

在帕特农，左手将要握住右手

一个人将要原谅

他被赋予的那个名字

在爱琴海上航行

划开暗绿表皮
螺旋桨剖出大海内部的蓝宝石
赌玉一样
剥水果一样

涡轮机与波塞冬文字不通
他们用各自的诗句
召唤各自的水
爱琴海咽下所有的铭写，并吐出岛

无名的岛。岸边长方形的基座上
只剩两根石柱相依为命
像日出与日落，黑陶罐与贝壳
像最后一对泰坦情侣钓海的杆子
帆影在风的皱纹下倒悬漂移

起风了。我看见白发飞起，白发飘落
海浪的白颅骨散成水沫归回来处
时间剖出爱琴海内部的蓝宝石
——只一瞬间。然后马上撤回

回国很久之后我想起马塞马拉

回国很久之后
我想起马塞马拉

当祖国是冬天的时候我在非洲晒黑了
知识并不能拯救我

我知道赤道没有四季
但这不能阻止我被晒黑

就像我了解火药的爆炸原理
但我依然不能调戏狮子

说到晒，此刻我依然记得爆皮的感觉
那时我摸起来就像是一棵老树

这让我觉得自己可以重新发芽。
但终于不。我发现自己还是那个

有点可悲的家伙，即便是太阳也不能
给我增添一点别的东西

不能让我用红海
填补自己的大裂谷，也不能

用青草去瓦解
胸腔里坚硬的古高原

我为什么想起这些？也许应该问问月亮
今晚的乌云被她从侧后染上了

一层银色，这令我疲惫又有些莫名感伤
以至于想起马塞马拉

那时同样的夜晚有暴雨
还有鬣狗喉咙里隐约的雷声

事实上那晚我并没有去想
用整片天空去给一棵老树浇水

会得出一个什么
毕竟这道题超出了加减乘除

以及函数微积分的所有算法
一切知识都没有告诉我

为什么太阳能让我开裂

却不能使我再度发芽

不能使我用上半身发射种子

一切知识也都没有告诉我

生而为人的宿命

究竟从我的算盘柱上

预先拆走了几颗珠子

搞得我至今都拨不透我自己

东非之一：猿头

不是我的。不是我的。
我沿着博物馆的橱窗，用手指摸索自己的颅顶
那些面包样品般的头颅毫无疑问
都不是我的。二者间有太多不同，例如

那前凸的颌骨不是我的
我的嘴扁平，不再为撕咬忧虑
（感谢刀叉勺筷的发明者）
也不再适宜接吻——这件事儿
不知从何时开始变得比撕咬更凶险

那高耸的鼻孔不是我的
用不了那么大的虚空，都已经
随时随地嗅到危险的气息
那宽阔的眼窝也不是我的
我的眼型单薄，像一道缝，这属于
遗传学的领域。当然也可以说，

是为了防止不宜见光的讯息
从眼睛里不小心漏出去。可反过来讲，
你看我祖先们的脑腔明明已如此窄小

那些欲念和梦还是漏了个精光
我一滴都找不回来，没一个人了解塞满那里的

曾是肥硕的野猪还是其他猿人的躯体
（我们则该感谢文字的发明者）
然而当我将所有这些视作一体，那破碎
的确是我的。我再怎么狡辩也没有关系
破碎里命定的湮灭是我的。这命运所赐予的
笑脸嘻嘻的强大遗传

永远是我们的

东非之二：漂移

参近处看，这是我们的越野车
追逐着土路飞驰。转弯。起速。漫天尘土……
后排的颠簸使我的尿意
以快于日头的速率强势上升
不可见的身下有石子迸射如子弹
路边发呆的黄山羊被击中臀部
大口呕出绿色草泥

参远处看，那是高原山脉在强光里移动
群草略高于视线。群草略高于
我仿配自祖先的颅顶。高原根部
酷暑扭曲了空气，那一层炽白抖升的热流
抬着沉重的虚空
像抬起老宅里的实木衣柜
群山缓慢后退出眼眶……大地漂浮
一块陆地离开了另一块。这是几亿年前
早已发生过的事情

而草原永远无际如海。马赛族人的金色披风
挂在树上。猎手在哪里？狮子在哪里？
没有回答。风里的披风猎猎展开……

树木挥动手帕。这里是赤道
草原高古沿地球的腰围漂移

树木没有影子

东非之三：夜雨

蓝光。云层厚重的剪影。
树冠倏忽一亮
再沉入黑色的沉默之中

隐秘的震颤有时延迟抵至，刚好
够一只瞪羚躲进树丛
——有时，则永远不来

一滴水落在窗台，此后便没有了下文
隔着河床传来远而分明的呜哝
那也许是鬣狗，又也许
是这片草原在对星群抒情

东非之四：三生万物

在肯尼亚我见到三种猪
一种在草原上跑着，拥有阔剑般的獠牙
身姿健美结实，尾巴直竖如同天线。
一种在树荫下摆着，某种意义上
它正迁徙在成为石头的路上，仅剩的部分
呈现出令人安心的白：一种
再也不会因命数而动摇的颜色。还有一种
码放在煎锅里，在形状、气味和色泽中
经典性地颠覆了自身——知识让我辨识出它
而本能使我迷恋它

在肯尼亚我见到三种树
一种长在越野车边，狮子和羚羊间的追逐
在它星球般的巨影下冷却
安静地分享着兄弟般的渺小。
一种长在地平线上，当落日浩瀚垂临
平坦的原野上只有这几朵蘑菇尚可辨认
催生它们的那场大雨出现在两百年前……
司机说，他祖父的祖父的祖父
在其中淋过。还有一种，每夜在马赛村落里
参演魔法：以拼图方式被拆分的树木

可以进一步拆分为火和烟
再被重新组装成光和暖

在肯尼亚我见到三种人
一种与邻种对视，他们用长矛、方向盘
和黑曜石光泽的通讯器具
将进化图谱上那些奔跑略慢的邻居们
劈头扫入另册，然后再兴致勃勃地伏身热爱它们。
一种与子孙对视，博物馆橱窗里的他们多么沉默
圆睁的眼窝下面甚至不再保留口舌
我很想问他们今天的一切究竟是
变得更好还是更坏了。至于第三种
以一种不可理喻的方式爱上了与自己对视
用符文的细密刀斧在自己的肝腑里
创痛酷烈地分行，正写着此刻这一首

以及三生万物般的更多

古　墙

薄暮，城墙开始现出
骨头的光泽
女墙起伏，像弓箭手匍匐的脊骨
它渴望站立起来

鸽子用巨大的尾翼攻打塔楼
但鲜花已爬满这古老的遗骸
在葡萄牙，失去的鲜血并没有离开大地
是什么正以卷瓣的形态重新绽出
沿着熟悉的路径
重新攀回那些坍圮的垛孔

埃武拉

教堂钟响。整片天空都在流动
鸟群疾飞，在无声沉落的日光中
找自己的语言
但并不为此感到焦虑

万物皆没有名字。只知道
那圆形的来自地底，那扇形的来自海底
那些死在低处的支撑着高处的神
不管在哪里，墙上的故事总没有变过

因此没有赞美也没有诅咒
超越了名字的是这白色小镇：
大西洋留下这许多平静的笑脸
大西洋留下地图里小小的盐渍

伊比利亚五月的下午

伊比利亚五月的下午
有一万柄刀剑在反射阳光

我们行驶在平坦的原野
很远的地方是山
变道线的白色以永远不变的
节奏间断，路边是橄榄树

干燥的风在雨刷器上颤出
吉他曲和卷舌音
橄榄树整齐、静止
护着自己缓慢移动的影子

格拉纳达的一天

格拉纳达，一座城从天空垂落
一座城从柏柏尔人涌入城门的欢呼声中
缓缓落下

清晨，壁虎投射出祖先的阴影
窄街无人
挤满了玫瑰的喧嚣

午后，橙子自己成熟，橙子滚落草坡
群鸟歌唱。格拉纳达，你是果实们
孤独的长椅

傍晚，血红色天空压向山顶
那是大海
在站立着燃烧

更晚时候，灯光四起
平缓的山坡上，落满了宇宙深处的星
它们本是如此遥远

除了在这样的夜

除了在这样的原野
我们谁都不曾看见

余电：星夜题十月文学院

最后一点电了。我一直
小心翼翼地留着它
现在不留了。就在这里
佑圣寺，能够远远望到
永定门的地方。这一整天
我都在这座城市
古老的脊椎上行走
手机里的电量渐渐迫近于无
像进化史渐渐迫近
我此刻站立着的位置。
而现在我再也不怕自己
接收不到这世界的信息了。
终于我肯承认，一个人
已经没有更多的话可以说
就算在心底继续呼喊
已经离去的人也不会再应答。
树影里浮升的面孔已不是我。如今
是新的月亮照旧时城楼。
有谁在意呢？一颗星
从很远的地方出发，当它的光
终于披上永定门的肩头

很多朝代都已经过去了。
没有更多人知道它曾经抵达
它那一天的光芒，古人不曾看见
后来人看见些什么，也不会懂。
暮色垂落，只有我还在院子里望着。
多么长的地轴。多么安稳的人世
那些晚点的旅客倚在箭楼
那些隐秘的靶心深埋地底
我攥紧了掌中最后的电流
等待我并未设过的闹铃
将我从大梦中叫醒

李壮坐在混凝土桥塔顶上

当层叠的玻璃巨厦向江面涌起
我从窗上看见李壮
他正在混凝土桥塔的最顶端坐着

在施工的半途，这座高耸如奇迹的桥塔
胯夹一截未完成的桥体
孤零戳立在江水的最中央

在钢索拉起之前，在从两岸接出的
另一些更庸常的桥面与它合龙以先
这几乎是世界上最孤独的事物
它看起来已不再等待什么

因此，当李壮坐到这尊混凝土桥塔顶上
它们只能是在一起等待
某些并不存在的东西。如果这时

一道闪电劈中李壮
他将把电流直接导进长江的心脏
而我对此丝毫不会觉得奇怪

毕竟在这座奇幻的山城
每天都有桥面在午夜水平旋转
那是当红灯即将转绿的时刻

古人沉淀于江底的声音在极短一瞬
被车流松开了离合
一只猫的梦里闪过马赛克花屏

也必然是在这样的时刻，李壮
会坐到未完工的混凝土桥塔顶上
坐到断绝的水和无梯的空中

会朝我笑着打出一枚响指
隔着 39 楼酒店房间的全密闭玻璃
我仍确信我听到了

新疆时间

现在，是夏至前的 21 时 18 分
时间里已是夜晚
时间外还不是
车从天山的余脉上下来
车窗外竟是夕阳
夕阳巨大。夕阳下车身的投影
也巨大。仿佛有古代的神
跪下来吻这片土地
而土地在轮子上飞速转动
一片林子甩过去
我们便是在现代了

这是你我会遇到的时刻：
不管是不是错觉
一天总会在结束前被越续越长
当整片天空的光都缓慢垂落
（像一本书快要被合上）
一小块石头仍在奋力长高

图书在版编目（CIP）数据

熔岩 / 李壮著. -- 武汉：长江文艺出版社，
2024.6
（第39届青春诗会诗丛）
ISBN 978-7-5702-3464-6

Ⅰ. ①熔… Ⅱ. ①李… Ⅲ. ①诗集－中国—当代
Ⅳ. ①I227

中国国家版本馆CIP数据核字(2024)第005960号

熔岩
RONGYAN

────────────────────────────────────

特约编辑：曾子芙

责任编辑：王成晨　　　　　　　　　　　责任校对：毛季慧

封面设计：璞　闫　　　　　　　　　　　责任印制：邱　莉　　王光兴

────────────────────────────────────

出版：长江出版传媒 ｜ 长江文艺出版社

地址：武汉市雄楚大街268号　　　　邮编：430070

发行：长江文艺出版社

http://www.cjlap.com

印刷：湖北恒泰印务有限公司

────────────────────────────────────

开本：880毫米×1230毫米　　　1/32　　　印张：5.5

版次：2024年6月第1版　　　　2024年6月第1次印刷

行数：3347行

────────────────────────────────────

定价：52.00元

────────────────────────────────────

版权所有，盗版必究（举报电话：027—87679308　　87679310）

（图书出现印装问题，本社负责调换）